Diesseits der Magie 4 – Im Wahn gefangen

Lieber Leser, liebe Leserin,

ich danke Dir für das Kaufen, dieses Buches.

Ich hoffe, dass Dir die Geschichte gefällt.

Bitte bewerte dieses Buch und schreib eine ehrliche Rezension.

Ich freue mich sehr, wenn du auf meiner Internetseite vorbei schaust.
Dort gibt es noch viel mehr Geschichten.

Kontaktiere mich gerne über mein Kontaktformular und abonniere meinen Newsletter.

Nun wünsche ich Dir viel Spaß, beim Lesen.

Dein Stefan

S. Hagel

Stefan Hagedorn

DIESSEITS DER MAGIE 4 – IM WAHN GEFANGEN

VON BRIEFENTEN, MAGIERN UND KOBOLDEN

Bibliografische Information der Deutschen Nationalbibliothek
Die Deutsche Nationalbibliothek verzeichnet diese Publikation in
der Deutschen Nationalbibliografie; detaillierte bibliografische Daten
sind im Internet über http://dnb.d-nb.de abrufbar.

Verlag: BoD · Books on Demand GmbH, In de Tarpen 42, 22848
Norderstedt, bod@bod.de
Druck: Libri Plureos GmbH, Friedensallee 273, 22763 Hamburg

ISBN: 978-3-7597-3751-9

WAS BISHER GESCHAH:

Der Bernd, seines Zeichens Maurer ...

Bernd hat eine Vier-Zimmerwohnung und zu jeder Himmelsrichtung einen kleinen Balkon, seine Küche ist recht groß. Er hat alles sehr kunstvoll eingerichtet ...

... wie in einer Kunstgalerie oder einem Museum. Er kocht besser als er Rituale durchführt ... Magier müssen auf jedes kleine Detail achten ... er ist jetzt ...

... Ein freier Maurer.

»... als Magier bekomme ich einiges mit.«

»... Hexenzauberei ähnelt eher Malen nach Zahlen. Wohingegen ich Kunstwerke aus dem Nichts erschaffe.«

»... sehr große Zauber brauchen sehr große Vorbereitung.«

»Damit wir den Zauber beziehungsweise das Ritual ordentlich durchführen können, brauchen wir die richtige Kleidung, sonst geht es wahrscheinlich schief.«

»... trainiere alle Zauberwilligen bei allen möglichen Intonationen und Bewegungen vor, während und natürlich nach des Zauberns. Denn dabei muss alles genau sitzen, sonst funktioniert die Magie nicht richtig.«

Wir übten die verschiedenen Intonationen mehrmals bis ich sie konnte, also »A«, »O«, »U«, »I«, »E«.

Ich spürte, wie Bernd eine warme Woge der Energie zu mir sandte, die mir Kraft gab.

Ich spürte Bernds Macht in mir. Eine Welle der Energie, die durch mich drang, ich richtete sie direkt auf Videns.

Sie trat zu mir, umklammerte meinen Kopf mit steinhartem Griff. Ich versuchte mich zu befreien, doch jede Bewegung schmerzte.
»Mal sehen, wen du am anderen Ende hast.«

»Ah, hallo Bernd.« Ich verlor die Verbindung zu
Bernd. Sie ließ los, holte zum finalen Schlag aus.

BERND H. an ERNEST B.
19. OKTOBER

Lieber Ernest,

ich hoffe, Alagar erreicht dich sicher und schnell. Du weißt ja, wie unzuverlässig Briefenten manchmal sind.

Ich hoffe es geht dir gut. Wie läuft die Ranch? Ich selbst fühle mich schwach, da ich vor einigen Tagen einem Schamanen half, eine gemeinsame Freundin zu retten. An sich ist diese Geschichte zu lang für einen Brief. Dennoch erzähle ich dir kurz was passiert war.

Unsere Freundin, Ida heißt sie, strandete in den Anderswelten und der Schamane versuchte sie zu retten. Da er es mit Hilfe von Hexen nicht hinbekam, wendete er sich voller Verzweiflung an mich. Er weiß ja, dass ich alles schaffen kann.

Nun, auch wenn du mir nicht glauben wirst,

ich habe tatsächlich versagt und das obwohl ich alle Vorbereitungen traf. Vermutlich hat Zwitschernder Sperling, so heißt der Schamane, irgendwelchen Unfug angestellt. Auf jeden Fall wurde ich von einer bösen Hexe, die sehr stark war, mental attackiert. Ich konnte mich gerade noch zurückziehen, sonst läge ich jetzt womöglich im Koma. Wie gesagt, ruhe ich mich gerade aus. Hast du Lust auf eine Partie Brief-Schach? Falls dem so ist, fange ich jetzt einfach mal mit weiß an, e4.

Ich freue mich von dir zu lesen. Hochachtungsvoll
Bernd

ERNEST B. an BERND H.
26. OKTOBER

Dear Bernd

Es freut mich sehr, von dir zu lesen. Alagar scheint recht zuverlässig zu sein, er braucht nur sehr lange. Das liegt aber wahrscheinlich an den starken Winden, die über das Meer fegen.

Was soll ich sagen? Mir geht es sehr gut, Kathrin war vor einigen Tagen mit den Kids bei mir, sie mussten aber heute schon wieder fahren, es gibt wohl irgendwelche Probleme auf dem Hafen. Auf der Ranch gibt es nichts Erwähnenswertes. Ist halt viel Arbeit, du weißt ja, wie störrisch Einhörner sind.

Der Schamane hat aber einen lustigen Namen. Weißt du, der Sohn eines Cousins traf auch letztens einen Mister Sperling. Welch ein Zufall. Wenn dich dieser Brief erreicht, nehme ich an, es geht dir wieder besser.

Dennoch empfehle ich dir, dich aus solchen exotisch-magischen Praktiken rauszuhalten. Bleib lieber bei der klassischen Magie, so wie sie es uns im Orden beibrachten.

c6

Auf Bald

Ernest

BERND H. an ERNEST B.
02. NOVEMBER

Lieber Ernest,

ich habe Alagar mit Hilfe eines Zaubers schneller gemacht. Diesmal sollte er dich früher erreichen.

Sag Kathrin bitte einen lieben Gruß, wenn du sie wieder siehst. Du hast sie zu einer starken Frau erzogen und daher denke ich, dass sie alle Probleme lösen wird.

Klar, Einhörner sind sehr störrisch, genau wie ihre Verwandten, die Esel. Aber so wie ich dich kenne, hast du dennoch Spaß an der Arbeit.

Stimmt, mittlerweile geht es mir etwas besser. Du hast Recht, aber die brauchten halt einen Zauberexperten und wie du weißt, ist niemand mehr Experte, als ich.

Vor allem handle ich nicht unüberlegt wie meine Freundin Ida. Die hat nämlich vor Überforderung ein gefährliches Virus erschaffen. Gottseidank hat sie es grade noch so hingebogen, aber nicht auszudenken, wenn sie es nicht wieder gestoppt hätte. Ich erinnere mich noch genau an die weltweite Männergrippen-Pandemie vor zwanzig Jahren. Die hat ja damals zweidrittel der männlichen Weltbevölkerung getötet.

Wie dem auch sei, durch diese ganzen Ereignisse ist sie jetzt verschollen und keiner weiß wo sie ist. Der Schamane, dessen Namen du lustig findest, hat sich ganz schön gehen lassen. Er hat halt nicht diese elitemagische Disziplin wie wir beide. Jetzt konzentriere ich mich erstmal wieder auf mich. Dennoch sollte ich vielleicht mal wieder jemanden einladen, weil ich fast ein bisschen das Gefühl bekomme, dass ich verrückt werde, wenn ich die ganze Zeit allein verbringe.

Ständig kommt es mir so vor, dass meine Gemälde schief hängen und ich weiß einfach nicht woran das liegt.

d4 Hochachtungsvoll

Bernd

ERNEST B. an BERND H.
06. NOVEMBER

Dear Bernd

Yes, ich erinnere mich an die Männergrippe. Ich hatte Glück damals.

Es ist richtig, sich auf dich zu konzentrieren, deine Freundin wird schon wieder auftauchen.

Meine Einhörner sind in letzter Zeit sehr unruhig, keine Ahnung warum, ich denke, das gibt sich mit der Zeit wieder. Du hast Recht, egal wie schwierig die Arbeit auf der Ranch ist, sie macht mir immer Spaß.

Ich sende dir ein wenig Energie, damit du etwas unterstützt bist. Ich gebe Alagar noch etwas Futter und dann schicke ich ihn wieder los.

Mein nächster Zug ist d5.

Ich freue mich auf deinen nächsten Brief. Bis bald
Ernest

BERND H. an ERNEST B.
15. NOVEMBER

Lieber Ernest,

ich spürte die Woge der Energie, vielen Dank.

Ich schicke Alagar erst etwas später los, da ich nicht daran gedacht hatte. In letzter Zeit fühle ich mich so unkonzentriert.
Kennst du das Gefühl beobachtet zu werden?
Aber naja, ist wahrscheinlich nichts. Es liegt wohl nur daran, dass ich nicht so gut geschlafen habe.

Das mit deinen Einhörnern ist wahrscheinlich nur eine Phase und geht wieder vorbei.

Ich werde in den nächsten Tagen ein wenig meditieren und dann bin ich ganz Schnell wieder topfit. Ich lasse mich doch nicht von so einer Begegnung fertig machen, schließlich bin ich ein Extraklassetopmagier.

Mein Zug ist e5
Bernd

ERNEST B. an BERND H.
30. NOVEMBER

Dear Bernd

Ich kann es mir nicht erklären, aber Alagar brachte deinen Brief erst gestern hier an. Vielleicht liegt es daran, dass das Meer in letzter Zeit so stürmisch ist. Auch in den Nachrichten war es zu lesen:

Stürmische Zeiten für Seefahrer

Das Meer rund um die britischen Inseln ist seit einiger Zeit sehr aufgewühlt und wild. Der Schiffsverkehr wurde nur auf das nötigste beschränkt. Ein Matrose berichtete sogar, einen Geist gesehen zu haben: »Ich habe einen Geist gesehen.«

Ich weiß, mein Freund, die beste Berichterstattung ist das nicht, aber die Einzige die wir hier haben.

So down kenne ich dich nicht und das geht ja schon einige Tage so. Ich empfehle dir, zu einem Arzt zu gehen oder zu einem Ordensmeister.

Die Einhörner haben sich noch nicht beruhigt. Ich weiß nicht, was mit ihnen los ist. Ich habe den Tierarzt angerufen, er kommt in den nächsten Tagen.

h6
Ernest

BERND H. an ERNEST B.
05. DEZEMBER

Lieber Ernest,

du wirst es nicht glauben, aber meine Freundin, die Ida, ist wieder aufgetaucht. Ich selbst sprach nicht mit ihr, aber während meiner Meditation habe ich sie gesehen.

Ich habe das Gefühl es geht mir besser. Dennoch werde ich sicher deinen Rat befolgen und demnächst Hilfe aufsuchen.

Ich hoffe der Tierarzt kann dir helfen.

Das klingt gefährlich, hoffentlich hat dieses stürmische Meer keine unmittelbaren Auswirkungen auf dich. Wie geht es Kathrin damit? Schließlich ist sie als Hafenbetreiberin davon unmittelbar betroffen.

Es klopft an der Tür.
　…
　…

Merkwürdig, es war niemand da. Vielleicht die Jugendlichen aus der Nachbarschaft, die mir einen Streich spielen.

Sf3
　Bernd

ERNEST B. an BERND H.
09.DEZEMBER

Dear Bernd

Ich habe keine guten Nachrichten. Den Einhörnern geht es immer schlechter und der Tierarzt konnte mir leider nicht helfen.

Ich weiß nicht, was ich tun soll, sie lAn immer lauter und werden unruhiger, als ob sie etwas bemerken, was uns unerkannt bleibt. Nur dass sie noch stark schwitzen und Fellausfall haben.

Ich probierte Reiki, doch auch dies half nicht. Du weißt wie sehr ich von ihnen abhängig bin, ich könnte in der größten finanziellen Not noch Kathrin fragen, aber sie hat selbst viele Ausgaben, allein schon durch die Kids.

Noch kommt sie zurecht, also mach dir darüber keine Sorgen.

Das klang aber merkwürdig, mit deinem Klopfen. Ich hoffe, dass es wirklich nur die Kinder waren. Du weißt ja wie Kids sein können, da könnte ich dir Geschichten erzählen ...

Geht es dir mittlerweile noch etwas besser? Mein nächster Zug ist Lf5.

Yours Ernest

BERND H. an ERNEST B.
15. DEZEMBER

Lieber Ernest,

ich drück dir fest die Daumen, dass alles wieder gut wird.

Mir gehts bestens, ich denke, ich werde die nächsten Tage mich wieder unter Leute trauen. Heute wäre unser regelmäßiger Stammtisch, du weißt ja, jeden dritten Dienstag im Monat, aber das wäre mir etwas zu viel.

Ohje, gerade fiel Geschirr aus dem Schrank. Ich hatte wohl vergessen, die Schranktür zu schließen.

Merkwürdig. Ld3

Mit besten Wünschen
Bernd

ERNEST B. an BERND H.
18. DEZEMBER

Dear Bernd

Einige Einhörner sind verendet. Das ging so schnell, dass ich fürchte, die anderen auch zu verlieren.

Was lese ich da? Schranktür vergessen? Das sieht dir aber gar nicht ähnlich. Ist wirklich alles ok?

Die See wird immer stürmischer, mittlerweile sind die meisten Schiffe wieder in die Häfen eingelaufen und haben vorerst Ablegeverbot.

Ich werde Alagar mit einem Schutzzauber belegen, damit er gut und sicher über das Meer kommt.

L:d3

Greetings

Ernest

BERND H. an ERNEST B.
21. DEZEMBER

Lieber Ernest,

ich hoffe das Beste für dich. Alagar gehts gut, vielen Dank für deinen Zauber.

Natürlich sieht mir das nicht ähnlich, aber es ist schon seltsam. Das ist aber nicht ganz so schlimm.

Weißt du, in letzter Zeit sind mir noch andere Dinge aufgefallen. Gegenstände stehen plötzlich an einer anderen Stelle als zuvor. Wenn ich's nicht besser wüsste, würde ich sagen, ich werde senil, aber so alt bin ich ja noch nicht. Manchmal höre ich es poltern, gehe ich dem nach, ist alles wieder ruhig. Ich gehe morgen mal zum Arzt.

D:d3

Bernd

ERNEST B. an BERND H.
25. DEZEMBER

Dear Bernd

Erst einmal wünsche ich dir schöne Weihnachten.

Ja, bitte geh zum Arzt. Das klingt gar nicht gut.

Die Einhörner, die noch da sind, haben sich etwas erholt und sind auf dem Weg der Besserung, aber eine gewisse Unruhe erkenne ich dennoch in ihnen. Ich verbuche das als Weihnachtswunder.

Kathrin und die Kids waren wieder da. Es war sehr schön, sie erzählte mir, dass die See immer noch sehr unruhig war.
 Dennoch gab sie mir Bordkarten für die
 »Witches Queen«.

Das ist ein alter Zweimaster, sie sollte eine letzte Fahrt haben. Diese wurde aber verschoben. Magst du mit mir auf diesem Schiff fahren, sobald sie ablegen darf?
 e6
 Ernest

BERND H. an ERNEST B.
27. DEZEMBER

Lieber Ernest,

vor ein paar Tagen spürte ich, wie ein starker Zauber wirkte, konnte seine Quelle aber nicht identifizieren. Es war wie eine magische Welle, die durch die Luft waberte. Ehe ich ihrem Ursprung auf den Grund gehen konnte, ebbte sie auch schon ab.

Es freut mich, dass es bei dir wieder besser läuft. Gerne komme ich mit. Ist das nicht das Schiff auf dem Gerald Gardner starb?

Der Arzt war bei mir und hat mir Tabletten verschrieben, irgendwelche Antihalozinogene. Als wenn ich verrückt werde. Ich habe eh das Gefühl, sie helfen nicht. Immer mehr Gepolter höre ich, immer mehr Gegenstände stehen falsch.

Langsam fange ich an zu glauben, nicht allein zu sein, aber ich habe niemanden hereingelassen und die Fenster waren die meiste Zeit geschlossen. Möglicherweise ist es ein magisches Problem. Jedenfalls habe ich ein Ritual gefunden, welches meine Wohnung reinigt, von allem erdenklichen Unrat.

0–0
  Bernd

ERNEST B. an BERND H.
29. DEZEMBER

Dear Bernd

Nimm bitte deine Medikamente. Sicher bist du nicht verrückt. Ich schicke dir in diesem Brief ein Flugticket hierher mit. Komm bitte zu mir und lass dich hier untersuchen, dann können wir auch gemeinsam auf das Ablegen der »Queen« warten. Du hast recht, es ist das Schiff auf dem Gardner starb.

Es könnte sein, das Alagar Probleme bekommt, da sich wieder ein großer Sturm zusammenbraut und die See noch unruhiger wird. Egal. Wichtig ist, dass du so schnell wie möglich herkommst.

Sa6

Ernest

BERND H. an ERNEST B.
31. DEZEMBER

Ich führte mein Ritual durch, doch wahrscheinlich trug ich die falsche Kleidung, denn eine gewaltige Explosion riss meine Bilder von den Wänden, zerstörte große Teile meiner seltenen Dekorationen und färbte meine Haare schwarz.

Keine Sorge, mir gehts erstaunlicherweise gut, bis auf diese leichte Verwirrtheit und den Nebel, der sich in meinem Kopf breit macht.

Leider konnte ich deinen Brief nicht lesen, da diese Hexe aus den Anderswelten, Videns, plötzlich hier auftauchte. Ich dachte erst, es wäre meine Freundin Ida gewesen. Doch da hatte ich mich wohl geirrt, denn sie griff mich an. Ich konnte nichts machen, da sie mich vollkommen überrumpelte. Dann entriss sie mir deinen Brief mit Gewalt und nahm ihn mit.

Dazu kam noch, dass ich in meinem Zustand leider nicht in der Lage war, mich zu wehren.

Ich werde versuchen einige Angriffszauber auszuüben, um sie zu vernichten. Wünsch mir Glück, alter Freund.

Wie stand es in der Schachpartie?

Bernd

IDA W. an ERNEST B.
31. DEZEMBER

Sehr geehrter Herr Bigglefield,

sie kennen mich nicht. Ich bin eine Freundin von Bernd. Ich suchte ihn auf, um nach ihm zu sehen, weil ich mir Sorgen machte. Ich war sehr erschrocken, als ich ihn sah. Er scheint völlig neben sich zu stehen, ich hatte kaum Zeit, die Umgebung magisch nach einer Ursache abzusuchen, da er mich sofort angriff. Er war wie von Sinnen. Mit Mühe bekam ich Ihren Brief zu fassen.

Bitte verzeihen Sie mir, dass ich ihn las. Ich bitte Sie, hierher zu kommen, um nach Bernd zu sehen. Ich weiß nur leider nicht, wie schnell der Brief bei Ihnen ankommt. Sie schrieben, dass die See in letzter Zeit sehr unruhig ist. Ich habe da eine kleine Theorie, woran es liegen könnte. Für einen Brief wäre das zu lang.

Nur so viel, es geht um ein magisches Portal. Ich benötige einen Platz auf der Witches Queen, um mich darum zu kümmern. Da sie ja sichere wissen, dass es ein ganz besonderes Schiff ist.

Ich nehme mir die Freiheit, mit Ihrem Flugticket auf die britischen Inseln zu kommen, um alles zu regeln. Ich danke Ihnen im Voraus für Ihr Verständnis.

Ich lasse eine kleine Freundin hier. Sie ist eine Waldelfe und beobachtet Bernd, bis Sie eintreffen. Außerdem habe ich seine Tür magisch gesperrt, damit er nicht raus geht und jemanden verletzt. Von außen geht sie normal auf.

Hochachtungsvoll
Ida Weißdorn

BERND H. an ERNEST B.
01. JANUAR

Lieber Ernest,

Warum meldest du dich nicht?
Ich warte dringend auf eine Antwort.

Ich übte einige Angriffszauber, um so dieser Videns Herr zu
werden. Du wirst es nicht glauben, aber als ich meine Wohnung
verlassen wollte, ging meine Tür nicht auf. Selbst Gewalt brachte
keinen Erfolg, sie muss mich magisch eingesperrt haben.
Ich höre jetzt immer häufiger Stimmen in der Wohnung. Wahrscheinlich ein magischer Angriff. Ich nehme meine Tabletten
nicht mehr, damit ich geistig klar bleibe.

Ich versuchte meine Wohnung auszuräuchern, doch war es wohl
zu viel und ich bekam keine Luft mehr. Das

Öffnen des Fensters brachte zwar frische Luft, doch hatte ich das
Gefühl, irgendetwas schlich sich in die Wohnung.
Ich werde jetzt wohl härtere Maßnahmen
treffen müssen.

Ich bitte dich, mein Freund. Antworte mir.
Bernd

BERND H. an ERNEST B.
02. JANUAR

Lieber Ernest,

was habe ich dir angetan, dass du nicht antwortest? Soll ich das Schreiben unterlassen?

Ich nutzte einige Aufspürzauber, um die versteckten Entitäten zu finden. Erfolglos.

Es klopfte an der Tür und die Polizei stand da. Sie sagten: »Ihre Nachbarn haben sich beschwert, dass sie bis spät in die Nacht sehr laut waren. Bitte beachten sie die Nachtruhe.«
 Ich gab mich einsichtig und entschuldigte mich. Aber diese Wesen schlafen nicht und so muss ich zu jeder Zeit bereit sein.

Da. Hörst du das, Ernest? Es poltert schon
 wieder. Horch weiter, ich hole das Messer aus der Küche.

Nun ist das Poltern wieder weg.
 Bernd

ERNEST B. an BERND H.
02. JANUAR

Dear Bernd

Erst einmal ein gesegnetes neues Jahr. Da ich länger nichts von dir hörte und Alagar nicht hier ist, schicke ich diesen Brief mit Banbar. Kam mein letzter Brief an? Ich mache mir langsam ein wenig Sorgen um dich. Ich hoffe, es geht dir gut und dein Reinigungszauber ist gut verlaufen. Hier läuft alles wieder wie beim Alten, nur dass die See immer noch sehr rau und wild ist.

Ich habe ein wenig Kopfschmerzen, aber das wird am wechselnden Wetter liegen.

Komm mit dem Flugticket bitte so schnell wie möglich her.

Dein Ernest

BERND H. an ERNEST B.
03. JANUAR

Hallo Ernest,

keine Ahnung, ob es überhaupt noch Sinn macht dir zu schreiben, aber ich gebe die Hoffnung nicht auf, dass du mir irgendwann antwortest.

Letztens kam eine unbekannte Briefente hier an. Alagar ist schließlich hier irgendwo. Da ich einen Angriff vermutete, tötete ich diese vermeintliche Bedrohung mit Hilfe eines mächtigen Feuerzaubers. Leider ist dem Feuer auch ein Teil der Möbel zum Opfer gefallen, aber sei`s drum.

Mir kann niemand etwas, schließlich bin ich einer der mächtigsten Magier dieser Wohnung.

Ich habe bei meinen Nachforschungen noch keine neuen Erkenntnisse gewonnen.
    Was meinst du? Unter den Möbeln? Das kann gut sein.
    Du hast wie immer sehr kluge Ideen. Ich werde gleich morgen meine Möbel entsorgen, dann können die sich nicht mehr verstecken. Mein Mobiliar ist eh zum teil abgefackelt.

Ich freue mich auf deine baldige Antwort
    Bernd

BERND H. an ERNEST B.
04. JANUAR

Hallo Ernest,

ich tat, wie du mir geraten hast. Ich zündete meine Möbel an und warf sie aus dem Fenster. Natürlich beschwerten sich die Passanten auf dem Gehweg, aber die haben halt Pech gehabt. Meine Wohnung ist nun leer, bis auf meine Dekoration. Zur Not muss die vielleicht auch noch raus. Was meinst du? Vorsorglich rauswerfen? Du hast Recht. Ich werde gleich den ganzen Rest entsorgen.

Bernd

BERND H. an ERNEST B.
05. JANUAR

Hallo Ernest,

du musst dich nicht melden. Ich vergebe dir. Ich lasse kein Wasser mehr laufen, da sonst noch mehr Wesenheiten in die Wohnung gespült werden können. Ganz im Gegenteil, ich habe sogar die ganzen Abflüsse und Zugänge verstopft. Nun muss ich nur noch die Geister finden, die hier drin sind, falls es überhaupt Geister sind. Aber du und ich, wir zwei Super-Magier, schaffen das schon.

An der Tür waren heute «Polizisten», aber sie hatten bunt-gefleckte Augen. Das ist eins von vielen Zeichen, dass es keine echten waren. Ich habe sie verzaubert, so dass sie nichts mehr wissen und sie wieder weggeschickt. Sie sind nun in dem Glauben, sie wären in ihrem Auto eingeschlafen.

Damit sowas nicht nochmal passiert, werde ich meine Tür zunageln. Es wird eine schwere Zeit für mich, aber da muss ich durch.

Schick mir doch mit Alagar ein paar Vorräte, damit ich länger durchhalte.

Bernd

BERND H. an ERNEST B.
06. JANUAR

Hallo Ernest,

Alagar ist in meinem Bad. Er ist ziemlich schnell wieder zurück. Warum hatte er keine Nachricht von dir dabei?

Ich glaube, er wurde verhext und ich werde ihn wohl opfern müssen.

Aber vorher werde ich die Wände mit meinem Hammer aushöhlen, ich habe nämlich die naheliegende Vermutung, dass sich dort Wesen verstecken.

Wie dem auch sei, ich bekam Besuch von einer alten Freundin. Sie hat einen kleinen Zauberladen, in der Nähe. Sie tut immer so lieb und nett, dabei möchte sie eigentlich nur verkaufen. Nagut, wenn du unbedingt willst, erzähle ich es dir halt:

Wie gesagt, sie klopfte an die Tür. Ich fragte: »Wer ist da?«
»Miri«, kam die Antwort.
Ich öffnete und als sie reinkam, schlug sie ihre Hände über dem Kopf zusammen.
»Mein Lieber, bist du wahnsinnig? Wo sind deine Möbel?«
»Entsorgt, was fragst du?«
Ich bemerkte, wie böse sie mich ansah und ihre Augen fingen an, rot-gesprenkelt zu leuchten. »Wir werden dich vernichten, Bernd. Mach dich auf dein Ende gefasst.« Nun wurde mir klar, dass sie unter einem Zauber stand, genauso wie die Polizisten.
Da sie aber eigentlich eine Freundin war, wollte ich sie nicht verletzen, dennoch musste ich etwas tun.

Ich ließ sie mit magischer Kraft aus dem Fenster gleiten und auf den Boden, vor dem Haus, sinken. Dann verriegelte ich alle Fenster und Türen.

Ernest, ich traue mich nicht mehr aus meinem Haus heraus. Ich bitte dich, schick mir Vorräte zu.

Bis dahin werde ich alles streng rationieren.

Bernd

ERNEST B. an BERND H.
06. JANUAR

Dear Bernd

Da ich weder von dir noch von Banbar etwas hörte, gehe ich davon aus, dass dir irgendetwas zugestoßen ist. Ich schicke diesen Brief nun auf magischem Wege zu dir und hoffe, meine Kraft reicht aus. Wenn ich in einigen Tagen nichts von dir höre, komme ich per Eilflug zu dir.

Bitte mein Freund, antworte mir. Auch Kathrin macht sich Sorgen.

Dein Ernest

BERND H. an ERNEST B.
07. JANUAR

Hallo Ernest,

ich weiß nicht, warum du dich nicht meldest. Ich habe Alagar geopfert, um auf Nummer sicher zu gehen. Dann habe ich ihn zerlegt, doch nichts gefunden, was mir einen Hinweis geben könnte, auf das, was passiert war.

Die Hälfte meiner Wände sind nun eingerissen, auch dort fand ich nichts.

Ich weiß, dass sie da sind. Ich spüre es ganz genau. Du meinst, sie könnten auch in mir sein? So wie in den Alien-Filmen? Das kann ich mir beim besten Willen nicht vorstellen. Es klopft schon wieder. Ich werde die Tür entriegeln und nachsehen wer dort ist. Warte kurz.

Es waren wieder zwei Polizisten, ebenfalls mit diesen verstörenden Augen. Doch diesmal setzte ich Magie ein, um sie zu fesseln und zu knebeln. Ich habe sie in meiner Badewanne verstaut, damit sie meinen Feinden nichts erzählen können.

Ich versuche jetzt weiter starke Angriffszauber zu lernen und zu perfektionieren, um Videns Einhalt gebieten zu können.

Ich werde dir jetzt ein paar Tage nicht schreiben können, da ich mich mitten in den Vorbereitungen dazu befinden werde.

Bernd

BERND H. an ERNEST B.
08. JANUAR

Hallo Ernest,

ich weiß nicht wie viel Zeit seit meinem letzten Brief vergangen ist. Manchmal kommt mir die vergangene Zeit vor wie ein Traum. Stell dir vor, ein Brief lag einfach so auf meinem Boden. Natürlich habe ich ihn, ohne den Inhalt zu lesen, verbrannt.

Ich dachte mir schon, dass du auch denkst, dass das eine gemeine Falle war.

Ich trainiere regelmäßig Angriffszauber, dafür verwende ich die falschen Polizisten. Ich scheine wohl immer stärker zu werden, schließlich sind die magischen Auswirkungen deutlich zu erkennen.

Des Weiteren habe ich mir meine Haare abrasiert, da sich dort Wesen befinden könnten.

Ich bin kurz davor, einen mächtigen Enthüllungszauber zu perfektionieren, durch den jegliche Tarnung wegfällt. Der Text dieses Zaubers geht etwa so: »Blublublu. Bleblubleblu.« Diesen wiederhole ich dann etwa zehn Mal und schwuppdiwupp, ist alles enttarnt.

Sobald ich mich um diese Wesen gekümmert habe, knöpfe ich mir diese Videns vor.

Ich warte hoffnungsvoll auf deine Vorräte.

Grüß Kathrin und die Kids
  Bernd

BERND H. an ERNEST B.
09. JANUAR

Hallo Freund,

ich zog mich nackt aus und setzte einen spitzen Hut auf, um die Energien fließen zu lassen.

Dann sprach ich mehrmals die Zauberformel.

Ich erschrak nicht schlecht, als ich diesen blauhaarigen, knubbelnasigen Kobold sah. Seine Ohrenfühler standen weit ab und seine gedrungene Gestalt machte es ihm fast unmöglich, bedrohlich zu wirken. Auch wenn er sich dazu alle Mühe gab, naja, mit nur zwei kariösen Zähnen kann man nun wirklich nicht böse gucken.

Wie du weißt, sind Kobolde ja unsichtbar und können sich sichtbar zaubern, aber

durch meinen Zauber war er gezwungen, sichtbar zu bleiben, solange ich mich konzentrierte.

Es klopft wieder an der Tür.

DR. BRUNNER an DR. BADER 10. JANUAR

Sehr geehrter Kollege,

es ist höchst erfreulich. Die Polizei brachte mir gestern ein besonders verwirrtes Exemplar. Mein neuer Patient, Bernd Holzhardt, hatte wohl zwei Polizisten eingesperrt, diese wurden vermisst und bei ihm gefunden. Die Beamten erzählten mir, wie ramponiert seine Wohnung war.

Ich weiß noch nicht genau warum, aber er ist irgendwie interessant. Auf jeden Fall ist er ein ganz besonderes Exemplar, aber sehr wild und aggressiv, wir mussten ihn gewaltsam ruhigstellen. Sowas wie den bekommen wir nicht alle Tage rein.

Er erzählt immer von irgendwelchen Kobolden und bösen Hexen. Er bat mich, ihm ein Blatt Papier und einen Stift zu geben. Ich bin sehr gespannt, was dabei herauskommt.

Ich denke, ich werde noch lange Freude an ihm haben. Er ist im höchsten Maße ein tolles Studienobjekt. Mit etwas Glück kann ich ihn recht lange hierbehalten.

Ich melde mich, sobald ich Neues habe.

Ich hoffe es geht Ihnen soweit gut.

Mit kollegialen Grüßen
Dr. Brunner

BERND H. an ERNEST B. JANUAR?

Hallo Ernest,

ich weiß leider nicht welchen Tag wir haben. Ich bin nicht mehr zu Hause. Habe aber auch keine Ahnung wo ich bin. Ich sehe nur Gummiwände. Ab und zu kommt mal ein Mann mit dicker Hornbrille und weißem Kittel zu Besuch. Er gab mir Zettel und Stift, damit ich dir schreiben kann. Er wird bestimmt den Brief an dich weiterleiten. Der Kobold ist immer noch da, ich höre ihn. Aber durch diese merkwürdigen Medikamente kann ich nicht zaubern. Ab und zu hämmere ich mir auf den Kopf, in der Hoffnung, den Kobold los zu werden. Bis bald mein Freund.

Dein Bernd

DR. BRUNNER an ERNEST B.
11. JANUAR

Sehr geehrter Herr Bigglefield,

mein Name ist Dr. Brunner, ich leite die Nervenheilanstalt. Ich möchte Ihnen nur mitteilen, dass ihr Freund Bernd Holzhardt sich bei uns in Behandlung befindet. Mehr darf ich Ihnen nicht sagen, wegen der Schweigepflicht. Ich versichere Ihnen, dass er bei uns gut aufgehoben ist.

Mit freundlichen Grüßen
 Dr. Brunner

DR. BRUNNER an DR. BADER
11. JANUAR

Hallo Hr. Kollege,

ich weiß, mein letzter Brief ist noch nicht lange zurück, aber mein neuester Patient ist höchst interessant.

Er schrieb tatsächlich einen Brief an einen Freund und bat mich diesen weiterzuleiten. Dies tat ich natürlich nicht, ich möchte diesen Spinner noch ein Weilchen behalten.

Stattdessen habe ich seinem Freund selbst einen Brief geschickt und erklärt, dass alles in Ordnung sei.

Ach wie bin ich doch schlau.

Herr Holzhardt, mein Patient, glaubt tatsächlich an einen Kobold irgendwo in seiner Zelle.

Ich werde seine Medikamente erhöhen, um zu sehen, wie er darauf reagiert. Ich bin sehr gespannt.

Ich verbleibe mit kollegialen Grüßen
  Dr. Brunner

ERNEST B. an DR. BRUNNER
13. JANUAR

Sehr geehrter Hr. Dr. Brunner

Vielen Dank für Ihre Nachricht. Ich war vor einigen Tagen bei meinem Freund zu Hause und machte mir große Sorgen, da ich ihn nicht vorfand. Können Sie mir wenigstens grob sagen wie es ihm geht? Seiner Wohnung nach zu urteilen, war er wohl in einem schrecklichen Zustand. Wann kann ich ihn denn besuchen kommen oder wenigstens mit ihm telefonieren?

Vielen Dank
  E. Bigglefield

ERNEST B. an IDA W.
13. JANUAR

Hello Miss Weißdorn

Ich weiß nicht, ob die Briefente Sie erreicht, schließlich sind sie at the moment unterwegs. Ich wollte Sie nur in Kenntnis setzen, dass Bernd in einer Nervenklinik ist und dort behandelt wird. Ich stehe in Kontakt zu seinem behandelnden Arzt. Ich war in seiner Wohnung und es sah wirklich schlimm aus. Keine Möbel, im Bad war alles voller Blut und Federn. Die Wände waren teils aufgerissen, alles in allem ein schockierender und beunruhigender Anblick. Ich hope, die Ärzte können ihm helfen. Ich fand einige Briefe an mich in seiner Wohnung, die er nie abgeschickt hatte. Ich werde sie in den nächsten Tagen lesen. Vielleicht finden Sie wonach sie suchen und können Ihr Vorhaben in die Tat umsetzen.

Ich wünsche Ihnen viel Glück bei ihrem Unterfangen und passen Sie auf sich auf.

Greetings from the great Island
    E. Bigglefield

DR. BRUNNER an ERNEST B.
15. JANUAR

Sehr geehrter Herr Bigglefield,

Herr Holzhardt geht es gut. Machen Sie sich keine Sorgen. Momentan ist er nicht ansprechbar und daher ist telefonieren nicht möglich, auch ist es den Patienten verboten, Briefe zu schreiben. Dies hat diverse Gründe.

Ich melde mich bei Ihnen, sobald sich an seinem Zustand etwas ändert.

Mit freundlichen Grüßen
Dr. Brunner

DR. BRUNNER an DR. BADER
15. JANUAR

Werter Kollege,

mittlerweile sollten meine Briefe bei Ihnen angekommen sein. Mein Patient war heute sehr freundlich und ansprechbar. Ich versuche es Ihnen möglichst detailgetreu wiederzugeben:

»Hallo Bernd, wie fühlen Sie sich heute?« Aus dem Schneidersitz schaute er zu mir herauf.

»Hallo Doktor. Ganz gut soweit. Wo genau bin ich hier? Warum bin ich hier?« Schulterzuckend antwortete ich nur: »Nun ja, sie sind hier, weil sie in ihrer Wohnung randaliert und weil sie zwei Polizisten entführt und übel zugerichtet hatten. Dies ist eine Spezial-Klinik.«

Er senkte seinen Blick, blieb aber ganz ruhig.

»Die Polizisten, sie waren verzaubert. Deshalb habe ich sie ruhiggestellt. Wann kann ich hier raus?«

Ich war neugierig und wollte mehr über seine Wahnvorstellungen erfahren. »Wie meinen sie das, verzaubert? Woran machten Sie das fest?«

Er sah mir tief in die Augen. »Ihre Augen waren verfärbt, das konnte nur das Werk eines Zaubers sein. Irgendwer hat es auf mich abgesehen. Ich vermute die böse Hexe aus den Anderswelten, Videns. Vielleicht liegt das alles auch nur an diesem Kobold den ich sah.«

Als ich auf die Uhr sah, bemerkte ich, dass meine Zeit knapp wurde und beschloss, das Gespräch beim nächsten Mal fortzuführen. Er würde mir ja nicht weglaufen. »Bernd, ich sehe grad, ich habe noch einen Termin. Ich habe alles notiert und komme morgen wieder. Dann können wir unser Gespräch weiterführen.«

»Wann komme ich hier raus?«

Ich öffnete bereits die Tür. »Wenn Ihre Behandlung abgeschlossen ist.«

Er rannte auf mich zu, ich hastete raus und verriegelte die Tür.

Vielleicht sollte ich seine Medikation anpassen, damit er ruhiger und langsamer wird.

Mit kollegialen Grüßen Dr. Brunner

DR. BADER an DR. BRUNNER
16. JANUAR

Lieber Dr. Brunner,

einen interessanten «Patienten» haben Sie da. Schicken Sie mir nur ruhig immer Ihre Erkenntnisse, nur erwarten Sie nicht, dass ich auf jeden Ihrer Briefe antworte. Meine Zeit ist knapp bemessen. Sie wissen schon, wegen der vielen Vorlesungen, Forschungsaufgaben und Lehrstunden, bleibt mir kaum Zeit für Privates.

Sei es drum, mir war es ein Bedürfnis, Ihnen zumindest einmal zu antworten, damit sie nicht glauben, sie würden Brieffreundschaft mit einem Geist halten.

Apropos, Ihr «Patient» scheint wohl an sowas zu glauben. Vielleicht ist das die ideale Möglichkeit, herauszufinden warum der Mensch an Dinge glaubt, die nicht existieren. Vielleicht bekommen Sie ja eines Tages für Ihre

Erkenntnisse einen Nobelpreis. Ich würde es Ihnen jedenfalls wünschen.

Nebenbei, ich hatte vor einiger Zeit mehrere Patienten, die zuvor an diesem schweren «Killervirus» litten. Diese meinten, einen bösen Dämon oder Geist gesehen zu haben, der ihnen Leben aussaugen wollte. Aber das war vor etwa sechs Monaten, also nicht mehr relevant. Dennoch schicke ich ihnen Kopien der Patientenakten zu, natürlich unter Vorbehalt der Vertraulichkeit.

Nun obliegt es mir in kollegialen Grüßen zu verbleiben.
Dr. Bader

BERND H. an ERNEST B.
16. JANUAR

Hallo mein Freund,

ich fühle mich so lethargisch und lustlos, ich bin ständig müde und ohne Energie. Ich vermute, der Arzt hat meine Medikation verändert. Ich kann auch den Kobold nicht mehr hören. Ab sofort werde ich meine Medikamente nicht mehr nehmen, tue aber noch so. Am besten verstecke ich sie. Mir wäre es lieb, nicht hier zu sein, kannst du mich nicht abholen?

Dieser Arzt besucht mich jetzt öfters. Er fragte mich aus, fast wie in einem Polizeiverhör. Also mit Therapie hat das wenig zu tun, wenn du mich fragst. Ich freue mich, dich bald wieder zu sehen.

Dein Bernd

DR. BRUNNER an DR. BADER
17. JANUAR

Hallo Herr Kollege,

Ihr Brief kam gestern Abend an. Die Post ist derzeit mal wieder schnell unterwegs.

Danke für die Akten, selbstverständlich vertraulich. Ich werde sie bei Gelegenheit durchgehen.

Natürlich verstehe ich, dass Sie wenig Zeit haben, aber das ist nicht so schlimm. Ich war ja eh immer der Mitteilsamere von uns beiden.

Dieser Herr Holzhardt glaubt wirklich, ich würde seine Briefe weiterleiten und nicht lesen. Er möchte seine Medikamente nicht nehmen. Da müssen wir wohl strengere Maßnahmen treffen. Ich werde die Wär-

ter anweisen, notfalls Gewalt anzuwenden. Er möchte gerne hier raus, nur hat er seine Rechnung ohne mich gemacht. Sie wissen ja, wie ausdauernd ich sein kann, wenn ich mich einmal festgebissen habe. Morgen werde ich ihn wieder aufsuchen und «therapieren». Für heute lasse ich es ruhig angehen, ist ja schließlich Sonntag.

Den Brief werfe ich für Sie morgen in die Post.

Ich verbleibe, wie üblich, mit kollegialen Grüßen.
    Dr. Brunner

ERNEST B. an DR. BRUNNER
18. JANUAR

Guten Tag Dr. Brunner

Ich las am Wochenende einige Briefe meines Freundes, die er nie abgeschickt hatte. Dadurch bekam ich eine völlig neue Sicht auf seine Situation und kam zu dem Schluss, dass er bei Ihnen vermutlich nicht gut genug aufgehoben ist. Mir ist durchaus klar, dass Sie kompetent sind, aber ich denke, er bräuchte andere spezialisiertere Hilfe, die Sie ihm nicht geben können. Ich bitte Sie, lassen Sie mich ihn abholen, ich weiß, das wäre in seinem Sinne.

Bitte richten Sie ihm liebe Grüße aus. Vielen Dank für ihr Verständnis

E. Bigglefield

DR. BRUNNER an DR. BADER
19. JANUAR

Hallo Herr Kollege,

dieser Ernest Bigglefield schrieb mir wieder einen Brief. Er möchte Herr Holzhardt abholen, weil ich ihm nicht helfen könne. Da ich mehr über diesen Ernest Bigglefield wissen muss und sowieso zu meinem Patienten wollte, verknüpfte ich diese beiden Dinge.

Ich ging also in Herr Holzhardts Zelle. Er saß ganz ruhig auf dem Boden, er wirkte fast schon somnolent, so ruhig war er. Ich wollte schon wieder gehen, als er dann doch seinen Kopf hob, mich anstarrte und versuchte zu grinsen. »Doktor! Wollen Sie mir heute persönlich meine Tabletten einflössen?«

»Nein. Ich möchte mit ihnen reden, Bernd.« Ich zuckte nicht, als er mir vor die

Füße spuckte. »Mit Ihnen rede ich nicht. Hätte ich diese Medikamente nicht intus, wäre ich schon lange draußen.«

Mich überraschte diese Aufmüpfigkeit trotz seiner Sedierung. »Klar, und Gott sieht aus wie der Weihnachtsmann.«

»Das tut er in der Tat.« Nun überraschte es mich noch mehr, dass er laut mit Lachen anfing. Wahrscheinlich muss ich seine Medikation noch weiter erhöhen. »Ich möchte mit Ihnen über Ernest reden. Vielleicht finden wir in Ihrer Beziehung etwas, was uns in der Therapie hilft.«

»Sicher nicht.«

»Wie lange kennen Sie sich schon?«

»Blablabla.«

Ich atmete tief durch, um mich zu sammeln.

»Sie müssen schon mithelfen. Nur so wird ihre Therapie erfolgreich und sie haben die Möglichkeit hier raus zu kommen. Also, woher kennen Sie sich?«

»Verschwinden Sie einfach.«

»Bernd, wenn Sie nicht kooperieren, werde
ich wohl Ihre Medikation anpassen müssen. Sonst kommen wir nicht weiter.«

Er drehte sich mit dem Rücken zu mir. Was für eine Respektlosigkeit.

»Gehen Sie. Von mir erfahren Sie nichts.« Ich merkte, da ging nichts mehr.

Tja, der ist eine harte Nuss, aber den werde ich noch knacken. Seine Medikation wird verdoppelt, mal sehen wie ihm das bekommt. Ich werde dem Ernest erst schreiben, wenn ich ihn einschätzen kann.

Erneute kollegiale Grüße
Dr. Brunner

BERND H. an ERNEST B.
20. JANUAR

Hallo,

schreiben ... nicht ... Medis ... hoch ... schlafen. B ...

DR. BRUNNER an DR. BADER 20. JANUAR

Lieber Kollege,

ich glaube, ich bin ein wenig übers Ziel hinausgeschossen. Herr Holzhardt liegt den ganzen Tag nur rum und sabbert den ganzen Boden voll. Er schaffte es auch nicht, einen Brief fertig zu schreiben. Zwischendurch dachte ich, er wäre sogar tot. Er ist es nicht, sein Blutdruck und sein Puls waren grenzwertig, aber ich habe die Möglichkeiten, ihn weiter zu studieren. Ich werde seine Medikamente ein klein wenig reduzieren, damit er zumindest ein bisschen denken und reden kann.

Ihre Akten habe ich indes studiert und fand sie sehr aufschlussreich und spannend. Dass sie alle die gleiche Halluzination hatten, von diesem Wesen. Vielleicht war Herr Holzhardt ja auch von diesem Virus befallen, viel-

leicht sogar von einer Mutation. Was diese anderen Symptome erklären würde. Ich werde ihn fragen, sobald er wieder ansprechbar ist.

Grüße
  Dr. Brunner

BERND H. an ERNEST
22. JANUAR

Hallo ... schreiben ... nicht

DR. BRUNNER an DR. BADER 22. JANUAR

Hallo Herr Kollege,

ich bin etwas erstaunt. Eigentlich müsste dieser Herr Holzhardt wieder ansprechbar sein. Sein Medikamentenspiegel sieht in Ordnung aus. Selbst in seinem Brief, den er regelmäßig schreibt, kann er sich nicht äußern. Ich denke, ich sollte die Medikation noch etwas herunterfahren. Ich hätte nicht vermutet, dass ihn das so umhaut.

Dr. Brunner

ERNEST B. an DR. BRUNNER
23. JANUAR

Dear Dr. Brunner

Ich weiß nicht, ob mein letzter Brief ankam, da ich keine Antwort erhielt. Nun schreibe ich erneut. Ich möchte meinen Freund Bernd Holzhardt aus Ihrer Obhut holen, da ich denke, dass Sie ihm nicht so helfen können, wie er es braucht. Falls ich keine Antwort von Ihnen bekomme, gehe ich davon aus, dass auch dieser Brief nicht ordentlich zugestellt wurde und komme persönlich vorbei, um mit Ihnen alles unter vier Augen zu klären.

E. Bigglefield

DR. BRUNNER an ERNEST B.
25. JANUAR

Sehr geehrter Herr Bigglefield,

ich erhielt nur den letzten Brief.

Ich werde eine Beschwerde an die Post schikken. Daher bedaure ich, dass Sie keine Antwort erhielten.

Glauben Sie mir, ich bin der Beste auf meinem Gebiet und Ihr Freund ist bei mir sehr gut aufgehoben.

Ich weiß, Sie machen sich große Sorgen, bitte vertrauen Sie mir. Ich habe viel Erfahrung.

Sie können mir auch gerne die gefundenen Briefe zuschicken, das wäre für meine Arbeit sicher hilfreich.

Natürlich können Sie auch gerne vorbeikommen, nur würde dies nichts bringen, da sie keine Bestimmungsgewalt gegenüber Ihres Freundes haben.

Ich verbleibe

Dr. Brunner

DR. BRUNNER an DR. BADER 25. JANUAR

Herr Kollege,

ich begreife das einfach nicht. Die Medikation ist mittlerweile halbiert, aber dennoch ist dieser Herr Holzhardt. ein sabbernder Idiot. Er schreibt nicht mal mehr Briefe. Ich habe Angst, sein Gehirn zu sehr zerschossen zu haben. Ich werde jetzt erstmal abwarten. Mal sehen, wie er sich entwickelt. Sein penetranter Freund hat sich wieder gemeldet, den habe ich schön abgewimmelt.

Grüße
  Dr. Brunner

ERNEST B. an BERND H.
27. JANUAR

Dear Bernd

Mein teurer Freund, ich spürte deine Präsenz ganz leicht. Deshalb kann ich dir diesen Brief magisch zukommen lassen. Keine Angst, er ist verzaubert und somit nur für deine Augen sichtbar. Du kannst auf ihn etwas schreiben und dann kommt er bei mir automatisch wieder an. Du kannst dir damit ruhig Zeit lassen, ich vermute mal, du stehst unter Medikamenteneinfluss. Aber ich weiß, dass du es irgendwie geschafft hast, deinen Spiegel zu senken, sonst hättest du mir nicht deine Präsenz offenbaren können. Bitte hüte dich vor diesem Dr. Brunner. Er führt irgendwas im Schilde. Er schrieb, er hätte einen meiner Briefe nicht bekommen, bezog sich aber auf den Inhalt von diesem.

Ich will diesen Brief nicht zu lang werden lassen, aber sei gewiss, ich schaffe es, dich da rauszuholen und dann bekommen wir den Kobold weg. Versprochen.

Pass auf dich auf Dein
   Ernest

BERND H. an ERNEST B.
27. JANUAR

Hallo mein Freund,

ich wusste, dir fällt etwas ein, mich zu kontaktieren.

In der Tat, ich verstelle mich und tue so, als wäre ich noch zugedröhnt und der «Arzt» senkt tatsächlich meine Dosis. So konnte ich alle meine Kraft sammeln um mich bemerkbar zu machen.

Ich glaube, mehr ist nicht drin, ich habe das Gefühl, dass dieser Dr. Brunner langsam misstrauisch wird. Jedenfalls hat er die Medikation nicht weiter reduziert.

Ich bin sicher, du findest eine Möglichkeit, mich rauszuholen. Ich fange mittlerweile wieder an den Kobold zu hören.

Ernest, mir ist, als würden die Wände sich bewegen. Aber ich versuche, ruhig zu bleiben.
    Dein Bernd

ERNEST B. an BERND H.
27. JANUAR

Dear Bernd

Es freut mich von dir zu lesen und dass das mit dem magischen Brief geklappt hat.

Versuch ihn weiter hinters Licht zu führen, denn sobald du wieder mehr Medikamente bekommst, kann ich dich nicht mehr spüren und dir keine magischen Briefe mehr schikken.

Bitte glaube nicht alles, was du siehst und hörst. Ein Kobold löst Halluzinationen aus, deine Medikamente unterdrücken seinen Einfluss auf deinen Geist.

Am besten versuchst du diesen Medikamentenstand zu halten. Dann hast du erstmal ein Mittelding. Nur ganz leichte magische Fähigkeiten, aber genug zur Kommunikation und

nur leichte Halluzinationen, genug dass dein Geist einigermaßen klar bleibt.

Ich möchte dir noch sagen, dass einige deiner Briefe nicht bei mir ankamen. Ich habe sie in deiner Wohnung gefunden.

Du warst schon sehr verwirrt.

Die böse Hexe, die du gesehen hast, war deine Freundin Ida, sie schrieb mit mir. Doch jetzt haben wir keinen Kontakt mehr, da sie auf einer Reise ist. Das erzähle ich dir, wenn du wieder frei und gesund bist.

Konzentriere dich erstmal darauf, durchzuhalten und den Status Quo beizubehalten.

Yours Ernest

DR. BRUNNER an DR. BADER
28. JANUAR

Lieber Kollege,

ich werde aus diesem Herr Holzhardt nicht schlau. Er ist unverändert passiv und träge. Ich weiß nicht, ob ich ihm die Medikation noch weiter reduzieren soll. Habe ich sein Gehirn gebraten?

Ich hoffe Ihnen geht es gut.

Kollegiale Grüße
   Dr. Brunner

DR. BADER an DR. BRUNNER
30. JANUAR

Hallo Dr. Brunner,

jetzt ist es an der Zeit, dass ich ihnen noch einmal antworte. Reduzieren Sie nicht seine Medikation noch weiter. Ich halte es für möglich, dass Ihr Patient schlau genug ist und Ihnen nur was vorspielt. Finden Sie bitte eine Möglichkeit, herauszufinden, ob Herr Holzhardt Sie zum Narren hält.

Natürlich geht es mir gut. Mir geht es immer gut. Viel Stress halt.

Kollegiale Grüße
    Dr. Bader

DR. BRUNNER an DR. BADER
02. FEBRUAR

Hallo Dr. Bader,

ich danke Ihnen für ihre Intervention. Ich hätte sonst an meinen Verstand gezweifelt.

Tatsächlich konfrontierte ich Herr Holzhardt direkt. Ich werde Ihnen den Hergang genau dokumentieren, damit sie sich ein Bild machen können:

Ich ging zu meinem «Patienten» und sprach ihn direkt an: »Bernd, ich weiß, dass sie wach und einigermaßen klar sind. Sie können mir nichts verheimlichen.« Natürlich rührte er sich nicht, sondern lag regungslos da. Ich wurde strenger. »Wenn Sie mir nicht auf der Stelle antworten, werde ich Ihre Medikation wieder erhöhen, bis sie tatsächlich wieder lethargisch und bewusstseinsgedämmert sind. Aber vorher werde ich meine Pfleger anweisen, Sie für dreißig Sekunden in eisiges Salzwasser zu tauchen. Vielleicht lockert das ja schon Ihre Zunge.«

Da er sich nicht rührte, gab ich dem Pfleger die entsprechende Anweisung, alles vorzubereiten.

Ich war erstaunt, wie schnell der Pfleger alles gemacht hatte. Er wirkte vorfreudig.

Selbst beim Tauchen hat Hr. Holzhardt sich nicht gerührt, was dem Grinsen meines Pflegers keinen Abbruch tat. Nachdem mein treuer Knecht den Mann wieder auf den Boden legte, wollte ich ihm die Medikamente injizieren. Da sprach plötzlich das kleine Vögelchen. »Halt, Herr Doktor. Ihr Wasserbad hat mich ganz schön wach gemacht.« Er schüttelte sich wie ein nasser Hund. »Ich danke Ihnen. Die zusätzliche Medikation wird nicht nötig sein. Ich bin bereit, mich mit Ihnen zu unterhalten. Doch bitte lassen Sie mir vierundzwanzig Stunden, um mich zu sammeln.«

Letztendlich willigte ich ein. Ich weiß nicht, was ich von ihm halten soll. Ich werde besondere Vorsicht walten lassen.

Freundliche kollegiale Grüße Ihr
  Dr. Brunner

BERND H. an ERNEST B.
03. FEBRUAR

Lieber Ernest,

ich danke dir noch einmal für diesen magischen Brief. Ich berichte dir, was heute passierte:

Wie angekündigt kam Dr. Brunner mich besuchen. Ich war noch leicht verschlafen, denn er kam sehr früh. »Guten Morgen Bernd, wie geht es Ihnen?«

»Guten Morgen«, grummelte ich, »es ginge besser, wenn ich hier raus wäre.«

Sein Lächeln wirkte eher mitleidig als Zuversicht spendend. »Haben Sie Geduld. Je besser Sie kooperieren, desto eher werden Sie entlassen.«

Nun etwas wacher richtete ich mich auf, doch dies schien ihn nicht zu beeindrucken.

»Was soll das bedeuten, «Kooperation«?«

»Ich möchte mich nur mit Ihnen unterhalten. Mehr über Sie erfahren.«

»Und mich heilen?«

Er zögerte kurz. »Ja, das auch. Natürlich.«

»Ok, ich heiße Bernd Holzhardt, bin zweiundvierzig Jahre, Sternzeichen Krebs, einen Meter fünfundsechzig groß, wiege etwa siebzig Kilo, ich bin freier«, ich räusperte mich kurz, »selbstständiger Maurer, habe eine große Wohnung, ein Auge für schöne Dinge und ich koche gerne. Reicht das für den Anfang?«

Er sah mich an, als hätte ich ihm seine Lieblingskekse geklaut. Dennoch erwiderte er gelassen: »Nicht im Geringsten.

Ich möchte wissen, warum Sie die Polizisten eingesperrt und so zugerichtet haben und warum Sie Ihre Wohnung demoliert hatten.«

Ich wusste nicht, wovon er sprach. »Wohnung demoliert? Ich demolier doch nicht meine Wohnung.«

»Nun ja, wie würden Sie es definieren, wenn

jemand seine Möbel aus dem Fenster wirft, die Wände aufreißt, eine Ente schlachtet und deren ganzes Blut in der Wohnung verteilt?«

»Renovierung!«

»Verkaufen Sie mich nicht für dumm«, zischte er, »entweder Sie haben einen ganz perfiden Plan oder sie sind durchgeknallt.«

Ich muss zugeben, seine Ehrlichkeit tat weh. So beschloss ich, auch ehrlich zu sein. »Ein Kobold spukte in meiner Wohnung oder eher gesagt in meinem Kopf. Durch diese Maßnahmen hatte ich nur versucht herauszufinden, was los war und so fand ich ihn. Ich kann ihn immer noch hören. Ich glaube, er mag Sie.«

Nun stand er wütend auf, holte eine Spritze aus seiner Kitteltasche und bellte: »Ich sagte, verkaufen Sie mich nicht für dumm. Aber wenn Sie es nicht anders wollen, muss ich wohl zu anderen Mitteln greifen.« Er klang tatsächlich eher enttäuscht als wütend. »In dieser Spritze befindet sich ein

Wahrheitsserum. Entweder sie sind ehrlich zu mir oder ich injiziere es Ihnen, notfalls mit Gewalt.« Ich merkte langsam wie mir der Schweiß übers Gesicht lief. Meine Stimme zitterte vor Angst, dennoch versuchte ich ruhig zu wirken. »Sie glauben doch eh ich sei verrückt, deswegen bin ich doch hier.«

Ich stand auf, ging langsam zu ihm und blickte ihm in die Augen. »Alles was ich ihnen gerade sagte ist die Wahrheit. Das schwöre ich. Aber wenn sie unbedingt Ihr wertvolles Mittelchen verschwenden wollen«, ich hielt ihm meinen nackten Arm hin. »Nur zu, verschwenden Sie es.«

Ohne ein Wort zu sagen, steckte er die Spritze wieder ein und verließ meine Zelle.

Ich vermute, dass er mir geglaubt hat und jetzt denkt ich sei irre. Wenigstens musste ich ihm nichts über meine Magiertätigkeiten erzählen.

Dein Bernd

DR. BRUNNER an DR. BADER
03. FEBRUAR

Sehr geehrter Herr Kollege,

ich bin erleichtert. Denn Herr Holzhardt ist tatsächlich verrückt. Er sprach wieder von irgendwelchen Kobolden.

Ha, wenn ich erstmal meine Studie über ihn abgeschlossen habe, werde ich berühmt. Er fraß mir förmlich aus der Hand und sagte mir genau, was er für wahr hielt. So ein Spinner. Es ist nur ein wenig merkwürdig, dass er das Briefpapier und den Stift vom Pfleger abgelehnt hatte. Wahrscheinlich kann er sich eh denken, dass die Briefe nicht abgeschickt werden.

Sei's drum.

Morgen werde ich ihn wieder aufsuchen. Mal sehen, was er noch so für Schwachsinn von sich gibt.

Natürlich halte ich Sie auf dem Laufenden. Grüße

Dr. Brunner

ERNEST B. an BERND H.
04. FEBRUAR

Dear Bernd

Ich bin froh, dass du noch immer zu erreichen bist. Ich mache
mir große Sorgen um dich, bitte pass gut auf. Ich bin gerade in
Kontakt mit den Behörden, um dich irgendwie herauszuholen,
doch dies erweist sich als schwierig. Aber ich bin dran. Wenn
nichts anderes geht, muss ich ein mächtiges Ritual anwenden, die
passende Kleidung habe ich bereits gekauft und probegetragen.
Ich hoffe nur, es kommt nicht zum äußersten, da dieses Ritual gefährlich sein kann. Je nachdem was du trägst, kann es verheerende
Folgen nach sich ziehen.

Yours Ernest

BERND H. an ERNEST B.
05. FEBRUAR

Lieber Ernest,

mir geht es gut soweit. Erst mal komme ich zurecht, auch wenn ich so ein spartanisches Dasein nicht gewöhnt bin. Welches Ritual ist es? Eines aus dem Meistergrad? Ich trage ganz normale Patientenkleidung, also Unterwäsche und ein dickeres OP-Hemdchen, ich bin barfuß. Wenn ich durchdrehen würde, würden sie mir bestimmt eine Zwangsjacke anziehen, vielleicht wäre diese etwas förderlicher für dein Vorhaben, wenn auch extrem unbequem.

Der Doktor kommt jetzt fast täglich, meine Medikation hält er vorübergehend auf diesem Level, damit er mit mir reden kann. Dennoch höre ich den Kobold in meinem Kopf. Wenn es nach ihm ginge, sollte ich die Medikamente absetzen.

Ich hoffe du hast Erfolg und musst nicht zum Äußersten greifen. Versuchs doch mal bei Frater Wilem, in Winchester. Er hat sehr gute Kontakte in das hiesige Gesundheitssystem.

Ich muss kurz Pause machen, ich glaube der Doktor kommt...

DR. BRUNNER an DR. BADER
05. FEBRUAR

Hallo Herr Kollege,

eigentlich ergab sich nichts neues. Dennoch möchte ich Ihnen berichten, was passierte:

Ich besuchte erneut Herrn Holzhardt. Als ich seine Zelle betrat, hatte ich das Gefühl, er hätte etwas zu verbergen. Aber es war nichts Verdächtiges im Raum. Dennoch schwitzten seine Hände. Ich zeigte auf diese. »Geht es Ihnen gut, Bernd?«

Er wischte seine Hände an der Kleidung ab und versteckte sie, wirklich sehr verdächtig, hinter seinem Rücken, »Mir geht es gut, und Ihnen?«

Ich falle nicht auf solche plumpen Ablenkungen rein. »Warum verstecken Sie Ihre Hände hinter dem Rücken? Zeigen Sie mir Ihre Hände.«

»Wie Sie wünschen.« Sie waren leer und nicht mehr schwitzig. Er wirkte, anders als zu Beginn, sehr entspannt.

»Wie haben Sie geschlafen?«

»Inwieweit ist das wichtig?«

»Jede Information ist wichtig, nur so kann ich Sie heilen.«

»Von was heilen? Bin ich verrückt?« Sein spöttischer Ton missfiel mir zutiefst. Erst jetzt erinnere ich mich, dass ich unbewusst mit den Zähnen knirschte. »Sie leiden an einer paranoiden dissoziativen Störung, ausgelöst durch akut auftretenden Superstress.« Ich hatte das Gefühl, Adern in meinem Auge würden platzen, vor Anstrengung, als er schallend zu lachen anfing. »Haha haha, Sie haben echt Fantasie. Haben Sie schonmal darüber nachgedacht, Romane zu schreiben? Das läge Ihnen echt gut. Ich habe selten so gelacht. Ich mag Ihren trockenen Humor.«

Ich wäre am liebsten aus der Haut gefahren und hätte diesen unverschämten Fatzke zu Tode geschüttelt. Aber Sie wissen ja, ich bin viel zu sehr Profi, um mich aus der Deckung drängen zu lassen. »Ich scherze nicht. Sie sind schwer erkrankt«, am liebsten hätte ich verrückt gesagt.

»Und wie gedenken Sie, mich zu »heilen«?«

»Wie gesagt, durch das Sammeln wertvoller Informationen, angepasster Medikation und entsprechenden Angeboten.«

»Was für Angebote?«

»Das sehen Sie dann schon. Genug der Fragestunde. Erzählen Sie mir mehr von diesem Kobold und von dieser «Magie».«

»Sie glauben mir doch eh nicht.«

Wo er recht hat, hat er recht. Das musste er natürlich nicht erfahren. »Versuchen Sie es, ich bin offen für alles. Ich möchte Ihnen nur helfen.«

Dann beugte er sich nach vorne. »Ich bin Magier. Mitglied einer geheimen Loge. Ich praktiziere alle möglichen Arten von Magie und ich bin einer der besten meiner Zunft.«

Ich unterdrückte mein Lachen. In der Hoffnung, nicht einmal ein Lächeln zu zeigen, versuchte ich ernst weiter zu sprechen.

»Könnten Sie mir was zeigen? Sie wissen schon, einen Ihrer Tricks.«

»Ich bin kein Zauberkünstler, ich habe keine Tricks. ich praktiziere handfeste Magie. Ich kann Ihnen nichts zeigen, denn Ihre Medikamente hindern mich daran.«

Dieser Hund wollte doch tatsächlich, dass ich seine Medikation absetze. »Diese Medizin ist nun mal sehr wichtig für Sie.«

»Natürlich. Ich bin müde, würde es Ihnen was ausmachen, mich allein zu lassen?«

»Nein, ich habe eh noch viel zu tun.« Also ging ich, ohne etwas zu sagen.

Ich sage Ihnen, Herr Kollege, der Mann hat richtig eine an der Waffel, dennoch ist er ein sehr faszinierender Mensch.

Ich wünsche Ihnen nur das Beste. Ihr Dr. Brunner

… Jetzt kann ich weiterschreiben. Ich glaube, ich habe vielleicht eine Möglichkeit gefunden, wie wir noch mehr Magie bekommen. Ich brauche dafür aber noch mehr Vorbereitung und wir müssen aufpassen wegen des Kobolds. Ich schreibe dir genaueres, sobald sich diese Möglichkeit vergrößert, aber erstmal schicke ich diesen Brief in deine vertrauensvollen Hände.

Liebe Grüße Bernd

ERNEST B. an BERND H.
06. FEBRUAR

Dear Bernd

Natürlich wäre mehr Magie, vor allem auf deiner Seite, gut, aber pass bloß auf dich auf. Halte mich auf dem neuesten Stand. Wir müssen uns gut koordinieren. Ich versuche noch mein möglichstes mit den Behörden. Frater Wilem habe ich kontaktiert, er gibt mir Bescheid, sobald er etwas erreicht hat.

Das Ritual, was ich plane, wird eine Art Sprengritual, mit dessen Hilfe wir beziehungsweise du dich freisprengst, aber ohne jemandem zu schaden. Deshalb ist es recht kompliziert und aufwendig. Damit bin ich aber beinahe fertig. Alles Weitere folgt. Auf Bald

Ernest

DR. BRUNNER an DR. BADER
08. FEBRUAR

Werter Herr Kollege,

Sie werden es kaum glauben, aber der Vorsitzende der hiesigen Ärztevereinigung rief mich eben an. Er bestand darauf, dass dieser Ernest einen Besuch bei meinem Patienten machen darf. Natürlich musste ich zustimmen, sonst hätte ich Konsequenzen erlebt. Wie hat dieser britische Teeschlürfer das nur geschafft? Er muss gute Kontakte haben. Aber was soll der schon machen? Ein kleiner Besuch wird schon nicht schaden. Ich mache einen Termin für nächste Woche.

Freundliche kollegiale Grüße
    Dr. Brunner

DR. BRUNNER an ERNEST B.
09. FEBRUAR

Hallo,

ich teile Ihnen mittels dieses Briefs einen Besuchstermin mit.

Sie dürfen am 16.02.2021 zu uns kommen und Ihren Freund besuchen. Sein medizinischer Zustand lässt keine langen Besuche zu, deshalb dürfen sie für dreißig Minuten mit ihm sprechen, natürlich unter pflegerischer Aufsicht. Zur Sicherheit, versteht sich.

Ich werde meinen Patienten darüber informieren.

Dr. Brunner

BERND H. an ERNEST B.
09. FEBRUAR

Lieber Freund,

gerade informierte mich der Doktor, dass du mich nächste Woche besuchen darfst. Sein Brief ist wahrscheinlich noch unterwegs und du wirst ihn in den nächsten Tagen erhalten. Wenn du kommst, haben wir nur ein kleines Zeitfenster von dreißig Minuten. Dieses müssen wir nutzen für dein Ritual. Versuch es zu kürzen, dass es passt. Ich werde den Doktor dazu bringen, meine Medikamentendosis zu reduzieren, so dass ich mehr Macht habe und wir eine größere Chance bekommen. Ich weiß, du hast Bedenken zwecks dieses Rituals, aber ich will hier so schnell wie möglich raus.

Ich danke Dir

Dein Bernd

ERNEST B. an BERND H.
10. FEBRUAR

Dear Bernd

Du hast recht. Ich habe Bedenken, aber ich möchte dir so gut wie möglich helfen und da dieser Besuch schon das Beste war, was wir bekommen können, sagt Frater Wilem, mache ich das natürlich.

Einige Tage habe ich ja noch Zeit, bis dahin schaffe ich die notwendigen Kürzungen und Vorbereitungen. Ich bringe sogar passende Kleidung mit, die du schnell anziehen kannst. Pass nur auf, wegen deiner Medikation, sobald der Kobold wieder präsenter wird, gefährdet es unser Vorhaben.

Ich freue mich sehr, dich wiederzusehen.

Your Ernest

DR. BRUNNER an DR. BADER
12. FEBRUAR

Hallo Hr. Kollege,

ich war heute erneut bei meinem Patienten. Er wirkte recht freundlich. Aber lassen Sie mich von vorne berichten:

Ich begrüßte ihn wie immer: »Hallo Bernd, wie geht es Ihnen heute?«

»Gut, ich freue mich auf den Besuch nächste Woche.«

»Sie haben Ihren Freund lange nicht gesehen, oder?«

»Richtig, er hat immer viel zu tun. Vor allem freue ich mich aber darauf, dass er sieht, wie gut es mir geht und dass ich nicht verrückt oder wie Sie es nennen «krank« bin.«

»Meinen Sie?«

»In der Tat. Durch die Medikation fühle ich mich hervorragend. Nicht mal der

Kobold ist da. Da fällt mir ein, ich möchte mich entschuldigen, dass ich Ihnen nicht viel mehr über den Kobold und meine Magie erzählen respektive zeigen kann, aber die Arznei dämpft mich ein wenig.«

Ich bedauerte dies tatsächlich, nicht zu sehen, wie dieser Verrückte versuchte, Magie anzuwenden. Selbstverständlich ließ ich mir nichts anmerken. »Die Medikamente sind medizinisch notwendig, damit Sie gesund werden.«

Er nickte, für meinen Geschmack etwas zu übertrieben. »Sie haben Recht Herr Doktor. Sicherheit und Gesundheit gehen weit vor Interesse und neuen Erkenntnissen. Und dass ich schneller raus komme ist ein weiterer Plus-Punkt. Vielen Dank.«

Dieser Kerl macht mich wahnsinnig. Wir unterhielten uns noch über Kleinigkeiten und Belangloses.

Ich denke, ich werde seine Medikation etwas reduzieren. Ich will ihn noch etwas länger hierbehalten und da hilft es, wenn er wie ein psychisches Wrack scheint und vielleicht erhalte ich noch mehr Informationen, die ich verwenden kann.

Ich fange morgen mit der veränderten Therapie an, so sollte ich langsam Ergebnisse bekommen und es reicht auf jeden Fall, bis dieser unerwünschte Besuch kommt.

Ich verbleibe wie immer mit kollegialen Grüßen

Ihr Dr. Brunner

BERND H. an ERNEST B.
13. FEBRUAR

Hallo mein Freund,

es ist bereits Abend und schon merke ich eine Veränderung. Ich vermute, der Doktor hat tatsächlich meine Medikation angepasst. Ich fühle mich etwas fahrig und meine Hände zittern. Daher tut es mir leid, wenn dieser Brief etwas ruckelig und schwer zu lesen ist. Ich glaube auch, ich habe den Kobold schon wieder schemenhaft gesehen. Aber das könnte natürlich auch Einbildung sein. Ich hoffe es wird nicht noch schlimmer, da ich dir ja beim Ritual helfen muss. Bist du schon unterwegs?

Bernd

ERNEST B. an BERND H.
14. FEBRUAR

My friend

I am sorry, dass ich jetzt erst schreibe, aber ich musste meinen Flieger erwischen. Dieser flog sogar einen kleinen Umweg, weil die See noch immer stürmisch ist.

Auch wenn das Flugzeug stark ruckelte und ich mich leicht geängstigt an meinen Lehnen festhielt, bin ich doch heil gelandet. Nun sitze ich im Taxi, noch immer leicht schweißig und schreibe dir.

Halte durch, my friend, ich bin bald bei dir und dann befreien wir dich. Versuche bei klarem Verstand zu bleiben und deine Energie zu sammeln.

Halte durch

DR. BRUNNER an DR. BADER
15. FEBRUAR

Herr Kollege,

ich weiß gar nicht wie ich das in Worte fassen soll. Ich weiß grad gar nichts mehr. Ich …

… atme erstmal durch.

Halten Sie mich nicht für verrückt, aber, mal ganz im Vertrauen, Magie existiert wirklich. Ich würde es ja selber nicht glauben, aber dieser Holzhardt …

Entschuldigen Sie, am besten fange ich vorne an:

Ich ging also zu meinem Patienten. Er wirkte sehr nervös und unruhig, er war nicht ganz bei der Sache. Das war ja alles zu erwarten, nach der Medikationsreduktion, aber er hatte in seinen Händen einen riesigen Lichtkegel. Ehe ich etwas sagen konnte, schrie er mich an: »Hier ist Ihr

Beweis, dass ich nicht verrückt bin.« Die Pfleger wollten ihn ruhigstellen, gingen also mit den Spritzen auf ihn zu, da explodierte der Lichtkegel und schleuderte die zwei zu Boden.

Ich versuchte Herrn Holzhardt zu beschwichtigen und hob besänftigend meine Arme. »Bitte Bernd, bleiben Sie ruhig. Ihr Freund kommt doch morgen.«

Er spuckte mir förmlich ins Gesicht, es war so surreal. »Sie lügen, Sie wollen nicht, dass er kommt und stellen ihm eine Falle. Wer kontrolliert Sie?«

»Bitte, beruhigen Sie sich.« Ich verstand nicht, was er meinte.

»Sie werden kontrolliert, ich sehe, wie Ihre Augen ihre Farbe und das Muster ändern. Wer kontrolliert Sie?«

Eine merkwürdig brennende Aura umgab ihn, ich traute mich nicht etwas zu sagen, geschweige denn mich zu bewegen. Da wurde es auf einmal windig. Erneut sammelte er Energie in seinen Händen und brabbelte irgendwas. »Ich habe zwar nicht die richtige Kleidung an, aber für Sie kleines Doktorchen reichts allemal. Blublable, Aaa, Iii, Ooo. Kawusch!«

Kaum sprach er das letzte Wort aus, wurde ich von meinen Füssen gerissen und verlor das Bewusstsein.

Nun sitze ich hier, am Schreibtisch und würde am liebsten kotzen. Ich hatte Glück, dass ich nur ein paar Rippenbrüche habe. Meinen Pflegern geht es nicht so gut. Ich hoffe, sie kommen durch.

In tiefster Sorge
   Dr. Brunner

BERND H. an ERNEST B.
15. FEBRUAR

Hallo,

ich bin raus. Hab's geschafft, so wie du es mir gesagt hast. Natürlich nicht zimperlich. Wo soll ich jetzt hin? In den Wald sagst du? Ok, bin unterwegs.

Bernd

ERNEST B. an BERND H.
16. FEBRUAR

Dear Bernd

Was schreibst du da? Ich bin gerade in der Klinik angekommen, hier herrscht Chaos. Alle Türen sind ausgehebelt, das Personal ist verängstigt oder ohnmächtig. Der Doktor ist nirgends aufzufinden. Was hast du getan?

Ich habe dir nichts gesagt. Das muss der Kobold sein, der dir Dinge einredet. Höre nicht auf ihn. Gehe nicht in den Wald. Ich versuche dich zu finden. Ich bin unterwegs.

Ernest

BERND H. an ERNEST B.
17. FEBRUAR

Lieber Ernest,

bin jetzt im Wald, wie du wolltest. Du meinst, ich soll mir einen Unterschlupf suchen, damit mich niemand findet? Mach ich, keine Angst, natürlich sag ich dir nicht, wo er ist.

Bis bald
   Bernd

ERNEST B. an BERND H.
18. FEBRUAR

Liest du meine Briefe überhaupt? Kannst du sie überhaupt lesen? Egal, ich versuche es weiter. Bernd, ich bin der Einzige, der nach dir sucht, bitte verlasse dein Versteck, oder schreib mir wo es ist. Ich helfe dir, den Kobold los zu werden. Bin jetzt am Waldrand. Bitte konzentrier dich.

Ernest

DR. BADER an DR. LEINFELD
19. FEBRUAR

Sehr geehrter Hr. Dr. Leinfeld,

ich erhielt einen äußerst bedenklichen Brief von unserem Dr. Brunner. Die Details sind für Sie nicht relevant, dennoch ist für Sie wichtig zu wissen, dass der Doktor Brunner sich zu sehr in die Behandlung eines Patienten hineingesteigert hat. Dies führte tragischerweise zu einer wahnhaften Psychose und so musste ich ihn einweisen lassen. Mit Erhalt dieses Briefes erhalten Sie gleichzeitig die Kontrolle über die Klinik.

Bitte halten Sie mich über alle wichtigen Ereignisse auf dem Laufenden.

Herzlichen Glückwunsch
Dr. Bader

BERND H. an ERNEST B.
19. FEBRUAR

Keine Sorge mein Freund. Ich werde dir nicht sagen wo ich mich verstecke. Keiner wird mich finden, da ich einen Illusionszauber gewirkt habe. Der Kobold scheint weg zu sein, ich kann ihn weder sehen noch hören. Also ist alles gut. Ich harre hier einfach aus, bis sich die ganze Aufregung gelegt hat.

Bernd

ERNEST B. an BERND H.
20. FEBRUAR

Nein, Bernd! Komm raus, bitte. Der Kobold manipuliert dich. Er wird dich in eurem Versteck behalten und dir langsam deine magische Kraft entziehen, bis du vor Erschöpfung stirbst.

Bitte konzentrier dich. Bitte

Bitte

Versuch diese Zeilen zu lesen.

Ernest

BERND H. an ERNEST B.
21. FEBRUAR

Natürlich lese ich deine Zeilen. Ich soll mich weiter bedeckt halten, bis du die Sache geklärt hast. Ich vertraue dir und mache was du möchtest.

Stell dir vor, eben durchbrach ein kleiner fliegender Zwerg mit langem grünem Bart meine Barriere. Ich verscheuchte ihn natürlich gleich. Es gibt schon wundersame Wesen.

Bernd

ERNEST B. an BERND H.
22. FEBRUAR

Bernd, das macht keinen Sinn. Merkst du das denn nicht? Zwerge fliegen nicht und haben keine grünen Bärte.

Bernd, falls du es doch schaffen solltest, diesen Brief richtig zu lesen, sollst du wissen, dass ich die Waldelfen aufsuchen werde. Denn das was du gesehen hast, war vermutlich ein Waldelfer im fortgeschrittenen Alter. Versuche so wenig Magie wie möglich einzusetzen.

Ernest

BERND H. an ERNEST B.
23. FEBRUAR

Keine Angst, ich werde nicht gefunden. Ernest mein Freund, die Wände, sie bewegen sich. Ich weiß nicht was ich machen soll, sie kommen auf mich zu und drohen, mich zu erdrücken.

Was ist das für ein Zauber?

Ernest hilf mir, ich finde den Ausgang nicht.

ERNEST B. an BERND H.
23. FEBRUAR

Bernd, das ist nicht echt. Der Kobold manipuliert deinen Geist.
Ich arbeite an einer Lösung, halte durch.

Ernest

ERNEST B. an BERND H.
23. FEBRUAR

Dear Bernd

Sobald du das liest, geht es dir wieder gut und du bist zu Hause.
Ich schicke diesen Brief per Briefente zu deiner Wohnung. Ich
habe Angst, dass der Kobold meine Briefe liest und so einen Vor-
teil erhält, also schreibe ich dir hier, was ich getan habe:

Deine Info über diesen fliegenden Zwerg mit grünem Bart konnte
ich erst nicht einordnen. Schlussfolgerte dann aber, dass es ein
Waldelfer gewesen sein musste. Also suchte ich das kleine Volk.
Tatsächlich fand ich es auch. Denn ein alter grünbärtiger Waldelfer stieß mich versehentlich an. »Huch, Entschuldigung.« Er
schreckte zurück. »Bist du ein Geist?«
   Ich hob meine Hände und versuchte meinen

Akzent zu unterdrücken. »Sorry, no. Ich bin kein Geist. Ich bin
ein Magier von den britischen Inseln. Bist du ein Waldelfer?«
   Er flog musternd um mich herum. »Ok, ich bin zu dem Schluss
gekommen, dass du kein Geist bist. Ich heiße Gandolar und ja,
ich bin ein Waldelfer.«
   »Super, ich bin auf der Suche nach einem Freund, er wird von
einem Kobold geplagt und ich brauche deine Hilfe.«
   So zeigte ich ihm deinen Brief. Seine Entrüstung war ihm an-
zusehen. »Zwerg? Ich? bin ich so dick?« Er sah geknickt auf
seinen Bauch.
   »Nein, bist du nicht. Wie gesagt, mein Freund ist verwirrt.
Durch diesen Brief weiß ich, dass du diesen Illusionszauber
durchbrechen kannst.«

Nun schien er wieder fröhlicher. »Nun ja, wir Elfen haben viele Talente. Ich traf auf deinen Freund, aber er erschreckte mich so stark mit einem riesigen Geist-Zauber, dass

ich sofort den, äh, taktischen Rückzug antrat.«

»Sure, taktischer Rückzug. Ok, please bring mich dort hin. Es ist wichtig, sonst wird er sterben.«

Er atmete tief ein, sammelte die Luft in seinen Wangen, drehte sich in der Luft und atmete tief aus. »Ich bin doch nicht lebensmüde. Der beherrscht einen riesigen Geist-Zauber.«

In die Hocke gehend, lächelte ich ihn an.

»Du brauchst keine Angst zu haben, ich beschütze dich vor jeglichem Zauber. Mein Freund ist ein guter Mensch und sobald ich den Kobold vertrieben habe, besteht keine Gefahr.«

»Ich habe keine Angst, ich bin einer der mutigsten Elfer und beherrsche Waldelfen-Haudrauf.«

»Waldelfen-Haudrauf? Ok. Also kommst du mit.«

»Ja«, quälte er heraus, »ich komme mit.«

Also zeigte mir der Waldelfer dein Versteck.

Wie du dir denken kannst, ging ich nicht einfach hinein, sondern stellte mich an den Rand der dunklen Höhle und rief: »Bernd, ich bin es, Ernest. Bist du da?«

Nach ein paar Minuten Stille schickte ich ein magisches Irrlicht hinein. Langsam ging ich diesem Wegweiser hinterher. Trotz des Lichtes waren meine Nerven gespannt wie Gitarrensaiten, die ja bekanntlich aus Einhornhaaren gemacht sind. Das Fliegen von Fledermäusen ließ Schutt von der Decke regnen und mich jedes Mal erschauern und zusammenzucken. Einige unheimliche Abzweigungen und Sackgassen später sah ich dich zusammengekauert mitten in einem Höhlenraum liegen. Sofort begann ich den Zauber zu sprechen, der den Kobold enttarnen und vertreiben sollte, als du aufsprangst und mich schreiend umwarfst. Ich konnte mich wieder fangen, aber als du rausranntest, riefst du:

»Ihr kriegt mich niemals, Plabam, Kabam.«. Der Gang hinter und vor mir stürzte ein. Ich war gefangen.

...

BERND H. an ERNEST B.
23. FEBRUAR

Ich wurde angegriffen. Die Pfleger hatten mich gefunden, ich konnte fliehen. Hilf mir mein Freund, bitte.

Ich bin orientierungslos.

Bist du sicher? Ich soll zum Meer und zu dir schwimmen?

Ok, dann bin ich auf dem Weg zu dir und schwimme zu den britischen Inseln. Ich komme.

...

Ich erhielt eine Nachricht von dir, über den magischen Brief und wusste, ich musste mich beeilen, sonst bist du außerhalb meiner Reichweite, ertrunken.

Ich versuchte aufzustehen, doch klemmte ich fest. Je mehr ich mich bewegte, desto mehr Schutt fiel von der Decke. Ich merkte wie schwer ich atmete und dachte nach.

Ich hatte keine Kraft oder Idee, fast gab ich auf. Da löste sich das versperrende Geröll in Staub auf und der grünbärtige Waldelfer schwebte vor mir. »Schnell raus hier.« Schwer atmend und dem Zusammenbruch nahe schaffte ich es aus dem Höhlenkomplex.

Dann schrieb ich dir, in der Hoffnung, du könntest es lesen und verstehen.

...

ERNEST B. an BERND H.
23. FEBRUAR

Bernd, hier Ernest. Gehe nicht zum Meer und schon gar nicht schwimmen. Bleib einfach stehen und mache nichts, ich werde dich finden. Ich bin nicht zu Hause, ich bin wie du im Wald.

Ernest

...

Ohne eine Antwort abzuwarten, stolperte ich so schnell wie möglich los.

»Hast du ihn gesehen?«, fragte ich den Waldelfer.

Er zeigte in eine Richtung. »Da ist er lang.«

Es kam mir vor wie Stunden, aber ich fand das Meer und erschrak, als ich dich schon schwimmen sah, als ob Peitschen hinter dir wären.

Ich rief dir zu: »Bernd, komm zurück. Du ertrinkst sonst.«

Dann gingst du unter.

Das Wasser setzte kleine Eiskristalle auf meine Haut. Doch die Kälte beachtete ich nicht. Mit magisch verstärkten Schwimmzügen hastete ich auf deine letzte bekannte Position zu. Nichts sehend tauchte ich unter. Tiefer und tiefer, ohne Luft, fand ich dich.

Reglos.

Selbst im Wasser war dein Körper schwer. Orientierungslos suchte ich die Wasseroberfläche. Ich schwamm dem Licht immer näher, doch meine Muskeln schmerzten und mein Gefühl in den Gliedern ließ nach. Mein Blickfeld verdunkelte sich.

Als ich wieder zu mir kam, lag ich wie gelähmt am Strand. Grün-bart flatterte über mir. »Oh welch Glück, das war knapp. Du wärst fast hopps gegangen, wie dein Freund da drüben«, er zeigte auf deinen reglosen Körper. »Hätte ich diesen mächtigen Portal-zauber nicht angewandt... «

Ich unterbrach ihn mit einem Handzeichen, drehte mich und kroch zu dir. Mit Anstrengung richtete ich mich auf und begann dich zu reanimieren. Als das Wasser aus deinen Lungen trieb und du wieder hustend zu Atmen kamst, sprach ich, nun ungestört, den Sichtbarkeitszauber: »Kobold, du Unhold.

Zeige dich mir. Anka, runta, furiosa.«

Kaum, dass ich den Wicht sehen konnte, sprang er mich an und setzte sich auf meine Schulter.

Er schlug auf mich ein. »Lass mich in Ruhe, Magus. Das ist mein Opfer, du nimmst ihn mir nicht weg, er war schon tot und du machst alles zunichte. Möge der Tod dich ereilen.«

Mit den Armen gedeckt, antwortete ich ihm:

»Ich lass mich doch nicht von einem mystischen Wesen be-siegen, du Mistkerl.«

Abrupt fiel er von meiner Schulter. »Mystisches Wesen? Ich bin kein mystisches Wesen.«

Seine Perplexität gab mir die Zeit, ihn magisch zu fesseln und den Zauber zu sprechen, um ihn zu verbannen, »Katablamm, ratablemm.« All sein Winden und Zappeln half nichts und er verschwand.

Ich brachte dich natürlich sofort in ein richtiges Krankenhaus. Später erfuhr ich von dem Waldelfer, dass er ein Freund deiner Ida ist.

Von ihr habe ich immer noch nichts gehört, ich hoffe, sie hat Erfolg. Er meinte auch, dass dieser Kobold vermutlich aus einem Portal, welches in die Anderswelten führt, zu dir gekommen ist.

Ich hoffe, jetzt geht es dir besser und entschuldige den langen Brief. Ich wollte dir nur alles detailliert mitteilen.

In Freundschaft
Dein Ernest

BERND H. an ERNEST B.
24. FEBRUAR

Lieber Ernest,

ich habe kaum Erinnerungen an das, was passiert ist. Ich weiß nicht mal, wie ich in dieses Krankenhaus kam. Die Schwestern und Ärzte sagten mir, dass ein Freund mich gebracht hätte. Ich danke dir dafür und hoffe, dass nun alles wieder gut wird. Ich werde in ein paar Tagen entlassen.

Ich muss deinen magischen Brief verloren haben und da ich keine Ente habe, wird dieser Brief per Post zugestellt.

Ich hoffe dir geht es gut.
Dein Bernd

ERNEST B. an BERND H.
28. FEBRUAR

Dear Bernd

Ich habe dir einen längeren Brief nach Hause geschickt. Dieser erklärt dir einiges. Ich helfe dir immer gerne. Ich wäre auch noch länger geblieben, aber ich hatte einige Verpflichtungen. Ich wünsche dir noch eine gute Besserung. Erhol dich gut.

Yours Ernest

BERND H. an ERNEST B. 02. MÄRZ

Lieber Ernest,

ich bin nun zu Hause und habe deinen Brief gelesen. Ich kann dir nicht genug danken, für alles was du getan hast.

Ich habe hier noch viel zu tun, ich muss renovieren und neue Möbel anschaffen. Eine Freundin, Miri, war so nett, mir bei allem zu helfen.

Durch diese ganze Situation ist mir klar geworden, dass ich wohl zu sehr von mir überzeugt war und ich auch öfters Hilfe brauche.

Ich weiß mittlerweile, dass Ida auf einer Mission war. Ich werde ihr noch magische Kraft und Energie senden, damit sie sich erholen kann.

Ich wünsche dir alles Gute, mein Freund. Grüß Kathrin von mir

Dein Bernd

DEMNÄCHST FOLGT:

Logbuch Tag 1

Das ist völlig neu für mich. Ein Logbuch schreiben. Aber der alte Quartiermeister – ist das überhaupt die aktuelle Bezeichnung? – hat mir das in die Hand gedrückt und grummelte mir aus seinem Bart zu: »Als Seemann musst du ein Logbuch führen.« Scheinbar führt sogar der Kapitän eins.

Es ist kalt, im Winter ja normal, nur verstehe ich nicht, wieso dieses alte Gerüst, was die meisten Schiff nennen, ablegen und über die Nordsee fahren soll. Warum nicht ein neues modernes beheiztes Schiff? Egal, sicher hat das auch was Gutes, so lerne ich zumindest das Seemannshandwerk grundlegend. Wenn es wenigstens warm wäre! Aber so musste ich mir in der tiefsten Kälte während des Deckschrubbens einen abfrieren. Immerhin ist es windstill und das Schiff nicht so dreckig. Schließlich fuhr es ja auch einige Zeit nicht.

Wir legen in ein paar Tagen ab, scheinbar warten wir noch auf Passagiere. Wahrscheinlich irgendwelche reichen Fuzzis, die mal das Feeling eines alten Schiffes bei Winter erleben wollen. Die See ist sehr stürmisch, aber Gott wird bei uns sein und uns beschützen, davon bin ich überzeugt.

Da ich nicht weiß, wie ich so einen Logbucheintrag beende, lass ich eine Schlussformel einfach weg.

DER AUTOR

Stefan Hagedorn ist Jahrgang 1989 und kommt aus dem schönen Thüringen.

Er las schon immer gern, und hat in seiner zweijährigen Elternzeit das Schreiben für sich entdeckt.

Die Ideen für seine Geschichten kommen durch seine Erfahrungen mit verschiedensten Menschen, die er kennengelernt hatte.

Eins hatten ihn diese Erfahrungen gelehrt, was er auch immer in seinen Büchern wiedergibt: Zusammenhalt.

So startete er mit »Diesseits der Magie 1 – Idas Tagebuch« seine schriftstellerische Laufbahn und es werden noch viel mehr Bücher folgen.